Barbidou

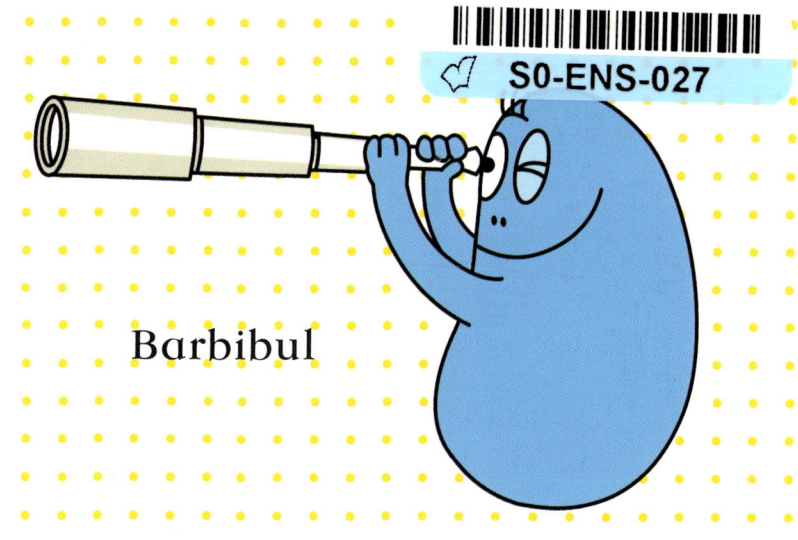
Barbibul

Barbouille

Barbalala

Les Livres du Dragon d'Or
60 rue Mazarine 75006 Paris.
Nouvelle édition 2012.
Copyright © 1971 Tison/Taylor, Copyright renewal © 2003 A. Tison, all rights reserved.
Loi n° 49-956 du 16 juillet 1949 sur les publications destinées à la jeunesse.
ISBN 978-2-82120-129-3. Dépôt légal : août 2012.
Imprimé en Italie.

LE VOYAGE DE BARBAPAPA

Annette Tison et Talus Taylor

Copyright © 1971 Tison/Taylor, Copyright renewal © 2003 A. Tison, all rights reserved.

Depuis quelques jours, Barbapapa est triste.

François et ses parents sont inquiets.

Ils essayent de distraire Barbapapa, mais rien ne l'intéresse.

François le conduit chez le docteur.

Le docteur examine Barbapapa
et lui explique qu'il lui faut une Barbamama.

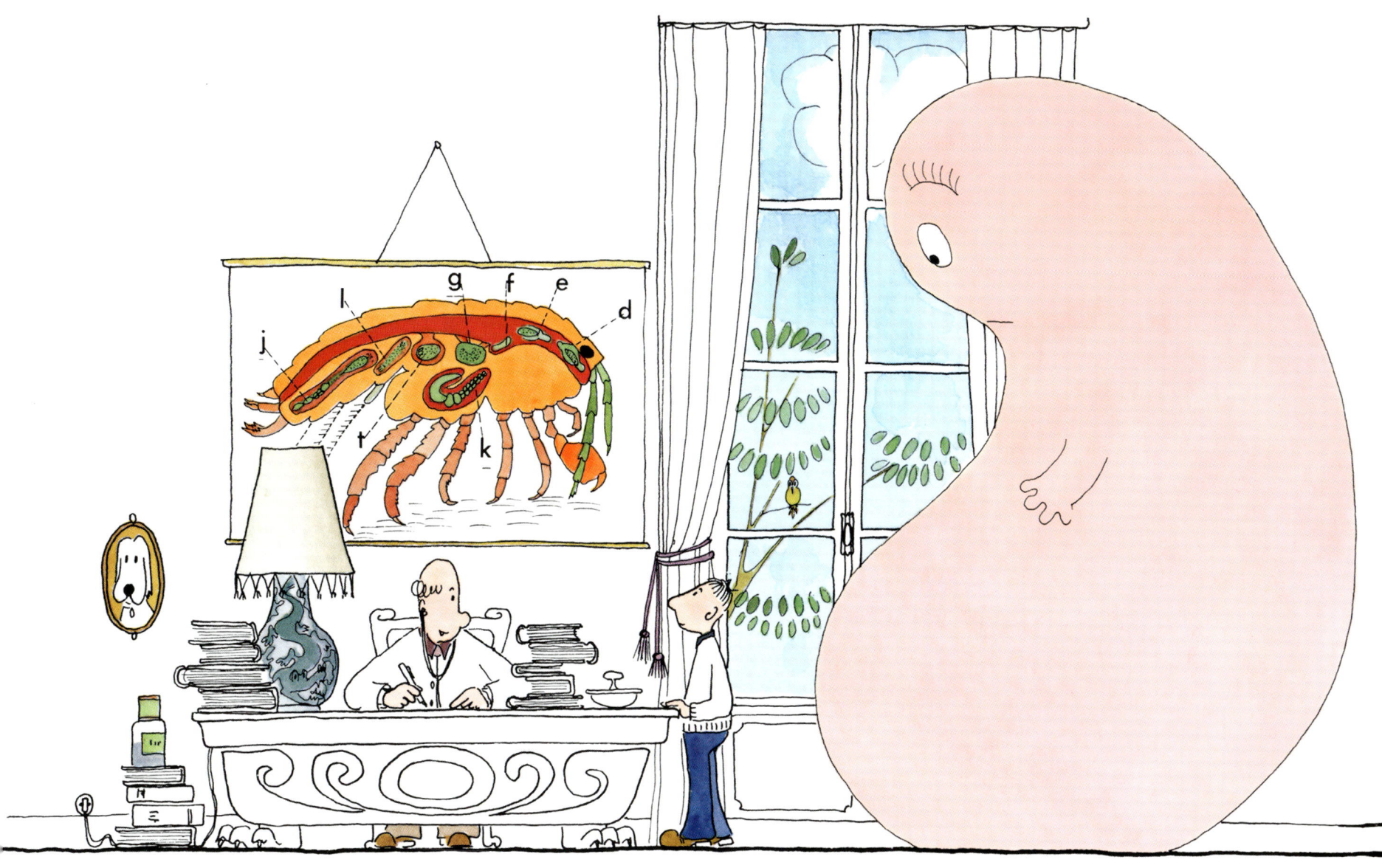

Malheureusement, il existe très peu de Barbamamas.
Barbapapa devra bien chercher pour en trouver une.

François demande la permission d'accompagner Barbapapa avec son amie Claudine.

Avec Barbapapa les enfants seront en sécurité.

À Londres, les enfants rencontrent un monsieur barbu qui leur conseille d'aller en Inde.

Barbapapa a des ennuis avec un agent de police. Il ne veut pas rester plus longtemps à Londres.

Pour aller en Inde, il faut prendre le train.
Mais comment traverser la rivière quand il n'y a plus de pont?

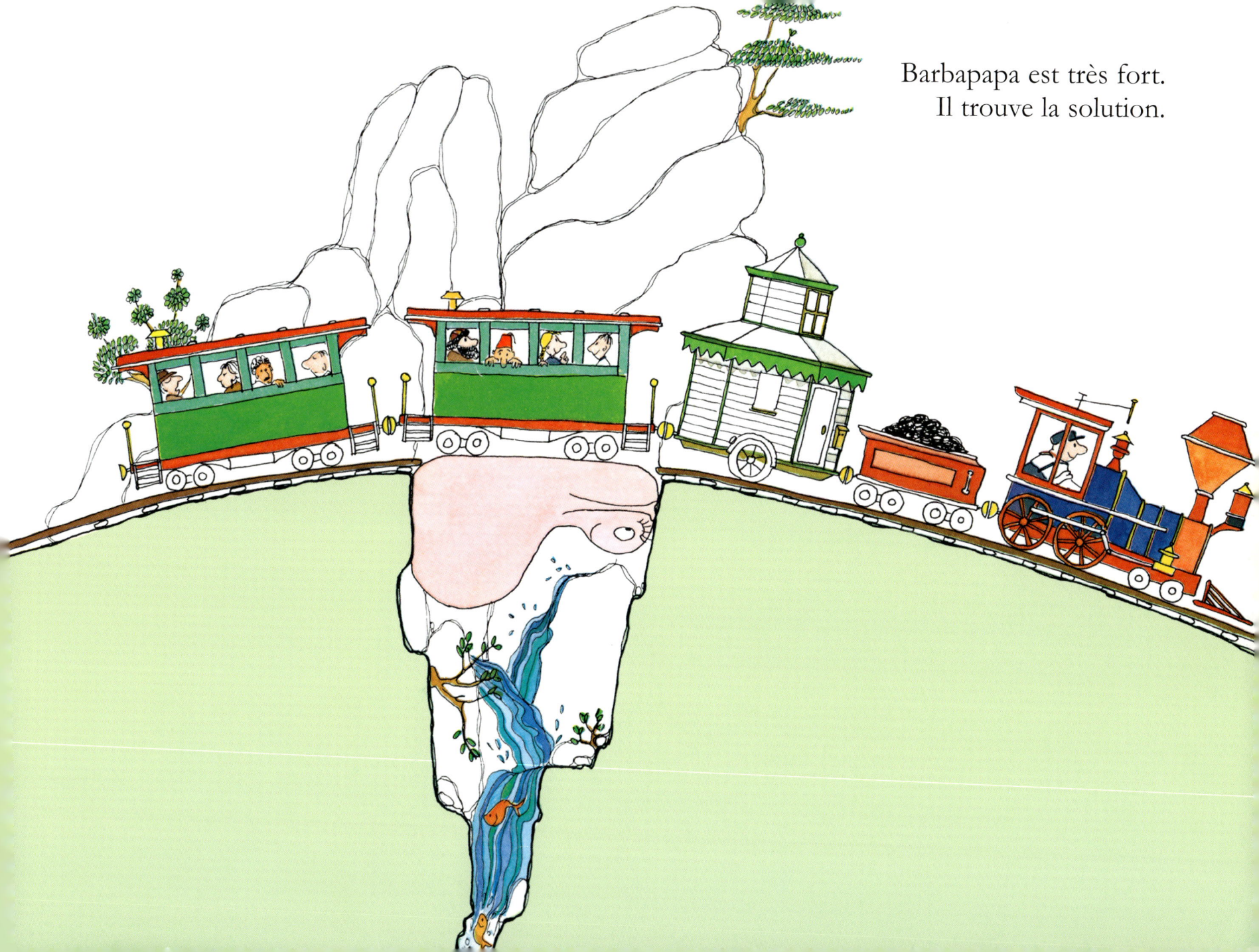

Barbapapa est très fort.
Il trouve la solution.

En Inde, un Sage leur conseille d'aller à New York. Il connaît là-bas un monsieur très riche qui pourra les aider.

Barbapapa est content. Il danse.

Les voyages en bateau sont très agréables…

... mais quelquefois dangereux ! Barbapapa sauve la situation.

À New York, le monsieur très riche pense que les Barbamamas vivent à la campagne où poussent les salades.

Ils partent en hélicoptère.

Pour ne pas déranger les vaches,
ils descendent doucement en parachute.

Le fermier dit qu'il faut chercher beaucoup plus loin,
peut-être même sur une autre planète.

Il y a beaucoup d'animaux bizarres
sur les autres planètes,
mais pas de Barbamama.

Alors ils reviennent.

Ils atterrissent juste au bon endroit.

Barbapapa est si content de rentrer chez lui qu'il en pleure de joie.

Mais quelle surprise !
Il y a une Barbamama dans leur jardin !

Barbapapa est aussitôt amoureux.

Elle aussi, elle aime Barbapapa.

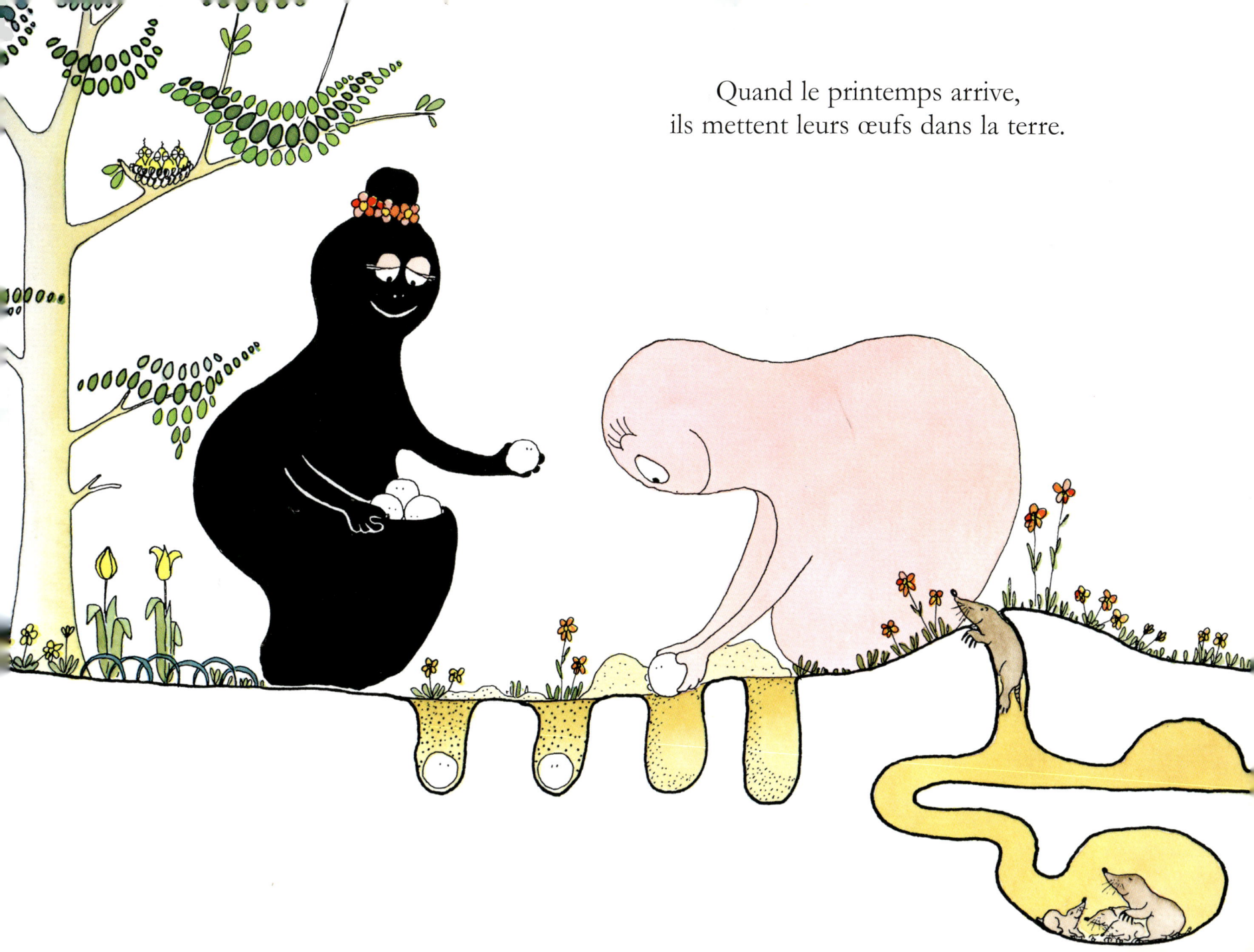

Quand le printemps arrive,
ils mettent leurs œufs dans la terre.

Et ils attendent impatiemment pendant plusieurs semaines.

Enfin, le grand jour arrive!

Le docteur n'avait encore jamais vu un Barbabébé à long poil. Tout le monde est ravi.

Barbapapa Barbamama

Barbidur

Barbotine

Barbabelle